COLLECTION **CARAVANE**

BaObab

Amondo le rassembleur

Texte de
Hélène Ducharme

Illustrations de
Normand Cousineau

LES ÉDITIONS DE LA
BAGNOLE

Le Griot

Aw ni sògòma! * À toi le petit matin… Je suis le Griot du village et pour te raconter mon histoire, j'ai besoin de tes oreilles.

Veux-tu me prêter tes oreilles ? Merci. Ne t'en fais pas, elles sont entre bonnes mains.

* Bonjour !

Le Griot

Il y a très longtemps, très, très, très, très longtemps, les étoiles étaient encore bébés et les animaux et les arbres parlaient aux hommes… Tu ne me crois pas ? Mais ce n'est pas moi qui le dis, hein ! C'est le conte qui le dit ! Eh bien, au temps de ce conte, la Terre, le Soleil et le monde entier étaient en harmonie.

Le Griot

Voilà qu'un jour, un magnifique Baobab toucha avec ses racines le cœur de la Terre. Immédiatement, le Baobab et la Terre tombèrent amoureux et eurent quatre beaux enfants. Ils aimaient leurs enfants plus que tout. Les enfants grimpaient dans le Baobab, se nourrissaient de ses fruits et s'abreuvaient à l'eau accumulée au creux de son écorce.

Le Griot

Le Soleil, en regardant leur bonheur, devint jaloux. « Je veux des enfants, moi aussi ! Donnez-moi vos enfants ! » La Terre et le Baobab ne voulaient pas donner leurs enfants au Soleil. Alors le Soleil entra dans une colère terrible et refusa d'aller se coucher. Il brilla, brilla et brilla tant qu'il fit s'envoler les lacs et les rivières. Il brilla et brilla tant que la Terre devint toute sèche, se mit à craquer de partout. Il brilla et brilla tant que les animaux se sauvèrent très, très loin. Il brilla et brilla tant que même son propre cœur se dessécha, tomba et se perdit.

Le Griot

Ayant peur que leurs enfants ne meurent de faim et de soif, le Baobab et la Terre se résignèrent à les laisser partir au loin, à la recherche de pays où le Soleil ne pourrait les brûler. Quand ils virent partir leurs enfants, le Baobab et la Terre se mirent à pleurer, pleurer, pleurer. Alors le Baobab plongea sa tête dans le sol afin que la Terre garde précieusement toutes leurs larmes comme seule et unique source d'eau. Depuis ce temps, le Soleil, n'ayant plus de cœur, n'est jamais retourné se coucher. Et on raconte que celui qui retrouvera le cœur du Soleil pourra enfin libérer l'eau.

Le Griot
Or voilà qu'un jour, du Baobab tombe un drôle d'œuf qui se met à rouler, rouler, rouler jusqu'au centre du village...

La Tortue
Pourquoi voulez-vous cet œuf ?
C'est bien ce que je pensais, vous
voulez tous le manger ! Mais moi,
je veux le couver !

La Grue
Le couver ?

Le Caïman
On n'a jamais vu la Tortue
couver un œuf !

L'Araignée
Moi aussi, je veux le couver !

La Grue
Tu es bien trop petite !
Moi, je peux
le couver !

La Tortue
Le Boa ancestral ! S'il lèche l'enfant, c'est qu'il est
des nôtres ! Et s'il le mange, c'est qu'il n'est pas des nôtres !

Le Boa ancestral
... Laissez-moi… le sentir... de plus près !

La Tortue
Et alors, il est à qui, cet enfant ?

Le Boa ancestral
Je ne sais pas...

La Tortue
Il est l'enfant de personne !!!

Tous les animaux
On n'a jamais vu ça ! Jamais
entendu ça ! C'est incroyable !

Le Boa ancestral
Il a toutes les odeurs. Il est l'enfant de toutes les familles !

Tous les animaux
C'est impossible ! Mais qu'est-ce que nous allons faire ?

La Tortue
Arrêtez ! Cet enfant nous est confié. Et comme il est dit, nous devons le mettre entre notre chair et nos os.

Tous les animaux
Il faut s'en occuper ! Oui ! C'est notre devoir. C'est sacré. Oui !

Le Griot
Afin d'accueillir le nouveau-né parmi eux, les animaux lui chantèrent une berceuse.

Bebe nana, duniya bebe
haha bebe, haha bebe
Bebe nana, duniya bebe
haha bebe, haha bebe

Le Griot

Personne, ni animal, ni humain, ne pouvait lui refuser son lait. Il tétait à tous les seins et les mamelles du village de sorte que chaque mère l'appelait « mon fils ». C'était comme s'il était né de tous les ventres en même temps ! Il était l'enfant qui a pour parents un village tout entier. On lui donna comme surnom « Amondo le rassembleur ».

(Plusieurs années ont passé, Amondo est devenu un grand petit garçon. Du Baobab, se fait entendre une musique.)

Amondo

Écoutez ! Vous entendez le Baobab ?

Le Griot

Il ne faut pas s'approcher du Baobab, petit ! Tu sais très bien qu'il est gardé par des génies et des sorcières.

Amondo

Mais il m'appelle !

Le Griot

Tu entends le chant du Baobab ?!? Alors tu dois rencontrer le Marabout. Car il est le seul qui saura nous dire pourquoi le Baobab t'appelle. *(Le Griot appelle le Marabout.)* *Karamògòcè !*

(Une boule de plume tournoie autour d'eux. C'est le Marabout. Il parle une drôle de langue que seul le Griot comprend.)

Le Griot
Le Marabout dit qu'il t'attendait depuis bien longtemps... Il a quelque chose qui t'appartient... *(Le Marabout remet un morceau de coquille d'œuf au Griot.)* Il dit que c'est dans cette coquille que tu es né. *(Le Griot saisit la coquille et la remplit de sable.)* Crache là-dedans.

(Amondo crache dans la coquille. Le Griot mélange le sable et la salive. Des images surgissent de ce mélange.)

Le Griot

Le Baobab t'a appelé, car tu es celui qui peut retrouver le cœur du Soleil. Tu devras réussir quatre épreuves : voler la bosse de la Sorcière, vaincre le génie qui garde le Baobab et déterrer l'os du Grand Griot.

Amondo

Mais ça ne fait que trois épreuves, ça !

Le Griot

(Au Marabout.) Il sait déjà compter, lui ? *(À Amondo.)* La quatrième épreuve… tu la découvriras. Mais prends garde au Soleil, tant que tu n'auras pas retrouvé son cœur, il sera très… brûlant !

Amondo

Comment affronter la Sorcière bossue ?

Le Griot

Elle a une faiblesse : elle aime danser.

Amondo (*Il chante la chanson de la Sorcière.*)

Sogolon Kòntè nyòòntè, ayeee !

Sogolon Kòntè nyòòntè, subaaya la !

La Sorcière bossue

Qui ose jouer de la musique près du Baobab ?

Amondo

C'est moi. Voulez-vous danser ?

La Sorcière bossue

Veux-tu rire de moi, petit garnement ! Je ne peux pas danser avec cette bosse !

Amondo

Prêtez-la-moi pendant que vous danserez.

La Sorcière bossue

Et qui me dit que tu ne me la voleras pas ?

Amondo

Je ne pourrai pas la voler puisque je serai là, à jouer pour vous !

La Sorcière bossue

Il y a si longtemps que je n'ai pas dansé...
Et un si petit enfant ne peut rien contre
moi! Si je me place ici, à l'ombre du Baobab,
le Soleil ne me verra pas... Tout juste un petit
peu de danse ne me fera pas de mal. Tiens!
Prends ma bosse, petit. Et avise-toi bien de
me la remettre! *(La Sorcière se met à danser
sur la musique de l'enfant.)* Quel bonheur!
Il y a si longtemps que je n'avais dansé autant!

La Sorcière bossue
Je ne peux plus m'arrêter! Je suis en feu, je suis en feu…
Je suis en feu… Je! Ha! Le Soleil me brûle, ahah! Redonne-
moi ma bosse! Le Soleil me brûle!… Rends-moi ma bosse,
petit garnement! Sans ma bosse, le Soleil me brûle!

Amondo
J'ai réussi la première épreuve !

Kolokolo-koloya! Sani ye!
naginga ginga! Sani ye!
sogoginga-ginga! Sani ye!
Kolokolo-koloya! Sani ye!
naginga ginga! Sani ye!
sogoginga-ginga! Sani ye!

Amondo

Je dois maintenant me débarrasser du gardien du Baobab.

Le Singe *(En chantant.)*
Gònnibala, gònjigiba. Gònnibala wula sera! Que viens-tu faire ici, petit malin ?

Amondo

Je viens vous vaincre !

Le Singe

Ha, ha, ha… et comment comptes-tu faire ça ? ! ?

Amondo

Grâce à ce panier !

Le Singe

Mais… qu'est-ce qu'il y a dans ce panier ?

Amondo

Vous ! Vous êtes mon prisonnier, regardez !

Le Singe *(Voyant son image dans le miroir qu'Amondo a caché au fond du panier.)*
Mais oui, c'est vrai ! Je suis là-dedans, tout au fond !

Amondo

Vous voyez, ce n'est plus le Soleil votre maître, c'est moi ! Vous êtes maintenant mon prisonnier, et je suis le nouveau gardien du Baobab !

Le Singe *(Apercevant Amondo dans le miroir.)*
Hééééé ! Mais toi aussi, tu es dans ce panier ! Je te vois !

Amondo
Non, ce n'est pas vrai !

Le Singe
Tu croyais que je serais aussi facile à avoir que la Sorcière bossue, n'est-ce pas ? Rends-moi ce que tu lui as volé !

Amondo
Non ! Non ! Je n'ai pas sa bosse !

Le Singe
Comment sais-tu que je parlais de sa bosse ?

Amondo

Hééé… Je suis un grand sorcier, lâchez-moi !

Le Singe

Ah oui ? Nous allons voir qui de nous deux
est le plus grand sorcier. *(Le Singe fait apparaître
la bosse de la Sorcière dans ses mains.)*

Amondo

Rendez-moi la bosse !

Le Singe

Voilà pour toi, petit voleur !

Amondo

Ah! Quel Singe vilain, pas fin, coquin! C'est le plus sans linge de tous les Singes! Il est bien trop malin pour que j'arrive à m'en débarrasser! C'est trop difficile, je n'y arriverai jamais seul!

Le Griot

Tu n'es pas seul. Poursuis vers la prochaine épreuve.

Amondo

Déterrer un os… C'est ridicule!

Le Griot *(Fâché.)*

Cet os possède un puissant pouvoir magique! Il a appartenu à un Grand Griot, qui était là quand le Soleil a perdu son cœur. Si tu touches la bosse de la Sorcière avec cet os, tu sauras où se cache le cœur du Soleil. Pour trouver l'os, regarde autour de toi.

Amondo

Il n'y a rien.

Le Griot

Regarde autrement. As-tu oublié d'où tu viens?

(Une musique se fait entendre, c'est le Baobab qui parle à Amondo.)

Amondo
Grand Baobab, tu sais où
est enterré cet os ?…
Ici ! Sous une de
tes racines ! Mais
laquelle ?…
Pourquoi tu ne
peux pas me le
dire ?… Le
Soleil va me
brûler ! Mais
comment me
cacher du Soleil ?
Il est toujours là !…
Tu peux m'aider?
Comment ?… La Lune va
venir embrasser le Soleil !…
Et le temps d'un baiser,
je devrai déterrer l'os
du Grand Griot…
D'accord !
Chuuuut !

Amondo
Qui êtes-vous ?

Les Lucioles
Des Lumières de lune… de lune… de lune… Suis-nous pour
mieux voir… voir… voir… Cherche au sol… au sol… au sol…
Viens par ici… ici… ici… *(Amondo avance en suivant la
lumière des Lucioles.)* Oui… oui… oui… Creuse… creuse…
creuse… Encore… encore… encore…

Amondo
Je touche une racine !

Les Lucioles
C'est là, c'est là, celle-là, là !

Amondo
J'ai trouvé l'os du Grand Griot ! J'ai réussi une autre épreuve !
Kòlokòlo kòloya !

Les Lucioles
Chuuuut ! Prends garde… garde… garde… Le Soleil regarde…

Amondo

Hé ho ! Gardien du Baobab !

Le Singe

Encore toi ? J'espère que tu ne viens pas me déranger pour récupérer la bosse, petit vaurien !

Amondo

Je ne suis pas un vaurien, je suis un grand sorcier.

Le Singe

Ah oui ? Et tu sais ce que j'en fais, des grands sorciers comme toi ?

Amondo

Attendez! J'ai ici mon os magique et il me dit à l'oreille que vous avez perdu la bosse de la Sorcière!

Le Singe

Hahaha… Eh bien, c'est un menteur! Car je n'ai pas perdu la bosse. Regarde, elle est ici! *(Le Singe fait apparaître la bosse dans sa main, alors Amondo place l'os contre son oreille.)*

Amondo

Mon os dit qu'il veut vous parler!

Le Singe

À moi?

(*Le Singe se relève et part à la poursuite d'Amondo. Débute alors une course folle entre le Singe et l'enfant. Amondo parvient à se cacher avec la bosse et l'os. Avec l'os, il frappe à coups rythmés sur la bosse.*)

Amondo
Le cœur du Soleil était caché dans la bosse !

Le Singe
Le cœur du Soleil ! Qu'est-ce que tu fais avec ça ?

Amondo
J'en ai besoin pour le plonger dans la source d'eau.

Le Singe
Mais personne ne sait où elle se trouve.

Amondo
Oui, moi je le sais. Elle est là !

Le Singe
Dans le Baobab ?

Amondo
Oui ! Laissez-moi entrer.

Le Singe

Depuis toujours ma famille garde ce Baobab ! Mes parents, mes grands-parents et même mes arrière-grands-parents m'avaient raconté qu'un jour je devrais laisser entrer un grand sorcier dans le Baobab. Mais je ne pensais pas que ce serait un petit minus comme toi !

Amondo

Vous verrez que je suis bien assez grand !

Le Singe

Alors, je suis libre ? Tu vas garder le Baobab à ma place ? Et le Soleil ne me brûlera pas comme il a brûlé la Sorcière ?

Amondo

Non, je m'occupe du Soleil… *(Le Singe s'en va en sautillant de joie.)*

Amondo

J'ai réussi les trois premières épreuves ! *(Il chante tout bas pour lui-même.)* Kòlokòlo kòloya !

Le Griot

Tu as deviné ?

Amondo

Pour réussir la quatrième épreuve, je dois porter le cœur du Soleil jusque dans la source d'eau, n'est-ce pas ?
(Le Griot fait signe que oui.) Et qu'est-ce qu'il va m'arriver ?

Le Griot

Je ne peux pas te le dire... Cette partie-là de l'histoire, personne ne la connaît.

Amondo

Et si je ne revenais jamais ?

Le Griot

Il te faudra beaucoup de courage pour libérer l'eau.

Amondo

Je suis courageux... car je ne suis pas seul! C'est tout le village et tous mes ancêtres qui plongeront avec moi dans la source d'eau. Toutes mes mères, chantez! Chantez le chant de mon enfance. Tous mes pères, jouez! Jouez la musique qui m'a bercé! Oui! Jouez pour me rappeler où est le jour. Pour que j'entende ceux qui m'aiment et m'appuient! Le Baobab me laissera entrer, car il sait que je suis celui qui a pour parents le village tout entier!

Le Griot

Vas-y Amondo, nous sommes tous avec toi!… Descends
dans le Baobab jusqu'au centre de la Terre. Poursuis ton
chemin jusqu'à la source d'eau… Plonge! Plonge! Plonge
le cœur du Soleil dans la source… Il a plongé!… Il pleut!
Regardez, un arc-en-ciel!

Le Griot

Depuis ce temps, chaque fois que l'on voit un arc-en-ciel, cela nous rappelle Amondo, le rassembleur du Soleil, de la Terre, du Baobab et de l'eau ! Ça aussi, ce n'est pas moi qui le dis, hein ! C'est le conte qui le dit. *Ala ka dugu nyuman jè !**Je te redonne tes oreilles. Le Soleil peut enfin retourner se coucher.

* Bonne nuit !

Je dédie ce premier album à Sylvain, Danaëlle et Louka, mes amours qui m'encouragent chaque jour à réaliser mes rêves.

HÉLÈNE DUCHARME

Les illustrations de Normand Cousineau sont inspirées de la pièce de théâtre *Baobab*, créée par le Théâtre Motus en janvier 2009 au Théâtre de la Ville, à Longueuil.

L'auteure tient à remercier tous les artistes qui ont collaboré à la création de la pièce.
Les interprètes : Nathalie Cora, Aboulaye Koné, Widemir Normil et Philippe Racine.
Ainsi que les concepteurs : Jean Cummings, Louis Hudon, Marcelle Hudon, Hamadoun Kassogué, Ismaïla Manga, Sylvain Racine, Claude Rodrigue et Michel Saint-Amand.
Sans oublier : Marie-Claude Labrecque et Érica Pomerance, de même que toute l'équipe du Théâtre Motus : Sylvain Massé, Marie-France Bruyère et Danyèle Fortin.

Le CD du spectacle est disponible sur le site :
www.theatremotus.com

Merci à Michel Therrien pour sa précieuse collaboration
Impression : LithoChic
Conception graphique et mise en page : Folio infographie

© 2009, Les Éditions de la Bagnole, Hélène Ducharme et Normand Cousineau
Tous droits réservés
ISBN 978-2-923342-42-9
Dépôt légal 2009
Bibliothèque et Archives nationales du Québec

Les Éditions de la Bagnole
Case postale 88090
Longueuil (Québec) J4H 4C8
www.leseditionsdelabagnole.com

Les Éditions de la Bagnole reconnaissent l'aide financière du gouvernement du Canada par l'entremise du Programme d'aide au développement de l'industrie de l'édition (PADIÉ) pour leurs activités d'édition.
Les Éditions de la Bagnole remercient de leur soutien financier le Conseil des Arts du Canada et la Société de développement des entreprises culturelles du Québec (SODEC). Les Éditions de la Bagnole bénéficient du Programme de crédit d'impôt pour l'édition de livres du gouvernement du Québec, géré par la SODEC.

⚜ Imprimé au Québec – novembre 2009